나는 아직도
너의 밤을 걷고 있다

.

홍광표 시집

『나는 아직도 너의 밤을 걷고 있다』

序詩서시 9

1부
너의 다정은 봄

falling in love 12　　몬스테라 13　　전화해 14

너의 다정은 구원이었다 15　　너는 나의 빛 16

사랑이라고 심장이 말했다 17　　오수(午睡) 18

두 개의 봄 19　　입술 20　　너를 생각할 때마다 내 삶은 멈췄어 21

너는 밤새 내렸다 22　　알림음 23　　팔베개 24　　5월 25

너를 밤새도록 읽고 싶다 26　　순간을 영원처럼 27

인생은 일부터 일까지 28　　시절 29　　오늘이 일상이어도 30

다정한 날씨 31　　꽃이 펴서 시절을 알았다 32　　바라보다 33

눈 오는 날 34　　네가 오던 밤 35　　폭설 36

온통 너로 가득 찼다 37　　눈꽃 38　　끝이 아닌 끝에서 39

생각보다 우린 참 가까운 곳에 있어 40　　봄비 41

아침이 눈을 뜰 때 42　　입을 맞추면 너의 얼굴이 보이지 않았다 43

빗소리가 너를 두드린다 44　　잔향 45　　비의 왈츠 46　　새 47

2부
너에게 산 거짓말

거울 50   낮잠 51   너 52   결심 53

절망한 자들을 위한 기도 54   시인의 기도 55

외로움의 본질 56   나는 괜찮다고 너에게 말했어 57

네가 있다는 것만으로도 58   너를 통해 나를 보았다 59

열망을 사랑이라 함부로 불렀을 때 우리가 범하게 되는 오류 60

선택의 순간 61   우리는 어디까지 무심해질까 62

첫사랑 63   SNS 64   몽리(夢裏) 65   폭우 66

오늘, 어떤 날 나에게 67   순리, 흔들리지 않는 법 68

햇빛 아래서 69   비는 계절과 상관없이 내렸다 70

산책 71   붉은 노을 72   너의 가을에게 73   방랑 74

눈이 오는 날 75   기도 하던 밤 76   그릇 77

장마1 78   장마2 79   비가(悲歌) 80   사랑 흉내 81

아카시아의 봄 82   동면 83   퇴근 84   아침의 구원 85

3부
꽃진 자리

오류 88   사랑 별곡 89   눈물 90   졸업 91

외로움을 먹는 이유 92   사랑해도 내 것이 아닌 것들이 있다 93

어제 그리고 오늘 94   너를 거닐다 95   live in La La Land 96

비 오는 날의 생존법 97   너의 이름을 부르지 않았어 98

보라는 꽃은 안 보고 너를 떠올렸지 99   봄은 아름답다 100

꽃잎을 구원해주고 싶었다 101   비 오는 날 102

너의 밤 103   아침은 각몽(覺夢) 104

마음이 헝클어지지 않게 밤새 빗질을 오래오래 했다 105

비가 세상에 부딪치는 밤 106   세계는 무너졌다 107

슬픔은 모든 것에 대해 쓰는 일 108   꿈을 굽다 109

비가 오면 110   오! 밤 111   겨울밤 112   오히려 113

미련 114   너를 위한 잠언 115   겨울에 116   작별 117

읽혀 버린 시집 118   나무 없는 산 119   고독이 하는 일 120

사랑의 노래 121   청춘 날씨 122   선택 123

序詩서시

긴 밤이 지나면 긴 낮이 온다
지나간 것은 다시 또 온다
순환이고 질서고 규칙이다
거스를 생각은 없다
단지,
어떤 자세를 취해야 할지
고민할 뿐이다

1부
너의 다정은 봄

falling in love

널 생각했다
너에 대한 생각이 늘던 어느 날
틈이 생겼고 무너졌고
온통 너뿐인 세상이 됐다

몬스테라

갈라져라 잎이 말했다 차가운 얼음을 가르듯 쩍쩍
갈라지는 위태는 보이지 않는다 천천히 그리고 순
간 커버린 잎은 조금씩 넝쿨처럼 돌더니 잎을 피워냈
다 순간이라서 좋았다 그 홀쩍의 시간 단위가 사랑
스러웠다 독특한 잎새가 특별하다 왜 너는 나를 사
랑하는가 그런 질문을 너는 눈동자로 물었다 사랑하
면서 사랑하는 이유를 설명하기는 쉽지 않았다 그냥
사랑하니까 운명적 인과 관계를 하물며 인간은 알아
내지 못하리 명확한 이유는 논리적이므로 사랑에 그
런 잣대를 대고 싶지 않았다 순식간에 커버린 기묘
한 사랑을 무어라 설명할 수 있을까 알고 싶지 않았
다 그저 당신을 눈여겨 볼뿐 햇살이 갈라진 잎을 비
추듯 눈길이 당신에게로 향할 뿐이었으니까 이유는
자연스럽게 깨달아지는 것 지금은 그저 사랑할 뿐이
라고 고백한다

전화해

네모난 핸드폰 안에
너와 나의 대화가 차곡차곡 쌓여있다
그리워지면 꺼내 보는 너와 나의 일기장
그래도
목소리가 듣고 싶은 날엔 너를 부른다
살아있는 두근거림

신호음은 심장 소리를 닮았다

너의 다정은 구원이었다

내 모든 고난이
당신을 만나기 위한 여정이라면
수백 번 반복되더라도
견딜 수 있을 것 같았다

당신이 늘 내 곁에 다정히 있어준다면

너는 나의 빛

아침에 떠오른 그대가
내 하루의 빛이다

그렇게 나는
너를 통해 생동한다

내 생애에서 너는
영원히 지지 마라

사랑이라고 심장이 말했다

너의 눈을 바라본 순간
모든 세계는 너의 눈에 모였다
마주친 눈이 신의 장난으로
사랑이라고 심장에게 속삭이는 순간
심장은 진동으로 경고를 보냈다

사랑은
온전한 세계를 버리는 일
사랑은
완성된 세계를 부수는 일

사랑은
지금까지 없던 너와 나의 세계를 만드는 일

너의 눈에 거침없는 진심이 담겨 있었다

오수(午睡)

봄 햇살에
살짝 졸았다
아직도
햇살은 따뜻했다
오랜 꿈을 꾸고 왔는데
나쁜 꿈을 꾸고 왔는데
고맙게도 머물러 있다
판도라의 상자에 마지막까지 남아있던
희망처럼
애써 빛을 내고 있었다

두 개의 봄

봄 햇살이 눈에 들어오면
너는 내 눈의 봄을 보고
너는 내 눈에 비치니
너는 또 다른 나의 봄이다

입술

사랑을 말하지 않고 사랑을
보여주고
진심을 보여주지 않고 진심을
말하네

너를 생각할 때마다 내 삶은 멈췄어

꽃이 진다고 연락하려다
봄은 견딘다 시를 쓴다

흩날리는 봄
그런 희망을 이야기하다
그냥 꽃이 되어본다

너는 밤새 내렸다

밤새 나눈 대화는
주문이 되어
사랑이 된다

알림음

너와 대화하고 싶어
휴대폰을 꼭 쥐고 있어

심장의 울림은
너로부터 시작된다는 걸
그렇게 알았어

팔베개

그대의 잠이
무한한 밤하늘의 아름다운 별처럼
잔잔하게 빛나길

밤의 고요를 닮은 꿈을 꾸길

그래서 짧은 밤이
오래오래 고단을 풀 수 있는 휴식이길

그 밤,
반짝이는 팔의 우주를 건디며 기도했었지

5월

네가 밖으로 나가면 세상은 너처럼 예뻐질 거야

너를 밤새도록 읽고 싶다

너라는 책을 꺼내
밤새도록 읽고 싶다
너는 두꺼운 책이었으면
좋겠다

순간을 영원처럼

순간을 사랑해야 해

금세 피었다 지는 꽃처럼

순간을 놓치면

1년을 더 기다려야 해

꽃은 1년이지만

너는 평생일지도 몰라

인생은 일부터 일까지

1

11

111

1111

11111

111111

1111111

11111111

111111111

1111111111

11111111111

1111111111

111111111

11111111

1111111

111111

11111

1111

111

11

1

시절

꽃답게
꽃다워라

지금이 그 시절이니

오늘이 일상이어도

일상이 지겨운 건
반복되기 때문이다
반복하지 않으면
삶은 유지되지 않는다
유지하는 것은 사랑이다
권태는 사랑에서 온다

너는 삶을 사랑하고 있다

다정한 날씨

머리를 쓰다듬어 주던 손의 온도는 너무 뜨거웠어
너의 다정은 그리 기분 나쁘지 않았지
느껴질 수 있을 정도의 체온이라니
말하지 않아도 기뻤어
두근거리는 심장을 들키지 않으려 등을 돌렸지만
오히려 우리는 더 따뜻해지고 말았지
달콤한 향기가 입 주위를 맴돌고
여름밤이 지구만큼 기운 채 선선한 풀냄새를 풍길 때
세상의 모든 소리들은 하나의 노래가 되었어

사랑이구나

그 다정한 날씨가 마음에 들어
하나하나 소리 내며 마음속에 그려 넣었지
그리고 생각했어

'아, 이 그림은 평생 지워지지 않겠구나' 라고

꽃이 펴서 시절을 알았다

개울 둑길을 걷다 보니
달맞이꽃이 한창이다
그래, 이맘때였지
사람은 때를 자주 잊는데
꽃들은 피어야 할 때를 잊지도 않는구나
꽃들은 사람을 보고 피지 않는데
사람은 꽃이 핀 걸 보고
추억을 꽃송이처럼 피운다

바라보다

나는 너의 ㄹ을 사랑했다
네가 ㄹ을 쓸 때마다 나는
직선과 곡선이 만나
초성과 중성을 이고 있는
가녀린 ㄹ을 바라보았다
거대한 무게에 짓눌리지 않고
작지만 호기롭게 세상을 버티고 서 있는 ㄹ은
마치 눈물을 닦아내던 너 같았다
한 획 한 획
꾹꾹 눌러 쓴 ㄹ은
강철보다도 더 오래
그곳에 서서
도약을 기다리고 있을 것만 같았다

나는 ㄹ같은 너를 사랑했다

눈 오는 날

먼 곳에 눈이 내린다

생각하는 찰나
무수한 눈이
눈앞에 쏟아지기 시작한다

멀리 있는 너
순식간인 사랑

눈 맞고 싶다
너와

네가 오던 밤

추운 겨울밤
너는 눈 속에서
걸어들어왔다

내 눈 속으로

폭설

너와 내가 걷는 길에
폭설이 내려
발걸음은 더디겠지만
충분히 아름다운 설경은 있을 테니
사랑하자

온통 너로 가득 찼다

사랑하게 되면
직감을 선물 받는다
너에 대해선
미래를 본다

눈꽃

추억이 피었다

졌다

끝이 아닌 끝에서

내가 당신을 사랑해서
당신이 외롭지 않은 건 아니에요
내가 선택한 외로움이
당신의 것이 아닌 것처럼
당신의 선택 또한 내 것은 아니죠
외로움과 외로움 사이에서
다른 곳을 바라본다는 것
그래서 더 간절해지는 허망함을
우린 사랑이라고 부르죠
그렇게 부르지 않는다면
이 공허함을 설명할 수 없어요
그럼에도 당신을 사랑한다는 이 사실은 변함이 없어요

생각보다 우린 참 가까운 곳에 있어

벽은 부수는 것이 아니야
벽은 너의 일부일 뿐이야
너의 영역은 지켜
단,
네가 외로울 때
생각보다 내가 가까이 있다는 걸 잊지 마

봄비

멀리서도
비에 젖어
추위에 흔들리는 꽃의 향기는
촉촉하게 퍼진다

쏟아지는 비에도
꽃 피우는 걸
잊지 않았다

견디는 것들은 아름답다

아침이 눈을 뜰 때

사랑의 노래가 듣고 싶어 잠에서 깼다
내가 전하는 사랑이 너에게 닿기를 기도한다
간절함은 고요를 불러오고,
꿈과 현실의 경계는 모호해진다
불분명한 과거와 미래,
너는 없다가도 있고, 있다가도 없었다
그 사이 노래는 수없이 바뀌고
사연으로 가득해진 아침은 소란스러워졌다

조용히 눈을 떠야만 했다

입을 맞추면 너의 얼굴이 보이지 않았다

너와 나는 오랜 그리움에
보고픈 마음을 붉디
붉게 씹어 먹었다
오래오래 배가 고프지 않았다

빗소리가 너를 두드린다

잠은 오지 않을 것이다
나약한 심장은
너를 찾을 테니까
부재하는 증오를
어쩌지 못해
삶이 사랑이 그리고 후회가
계속 말을 걸 테니까
남겨진 심장은
차가움의
못다 한 말을
계속 들을 테니까
이 밤은
별보다 많은 빗방울이
지배할 테니까

잔향

너의 향기는
곳곳에 남아 있었다
마주칠 때마다
한숨 깊이 들이마시게 되는 추억

꽃잎은 지더라도
향기는 오래 남아 있다

꿈속에서도 너의 향기를 맡으며
사랑했다 사랑했었다

너의 향기는
어느새 가슴에 스며들어
오래오래
괴롭혔다

비의 왈츠

내리는 비에 꽃이 위태롭게 춤을 춘다 저것은 나로 버티기 어려운 무게리라 이리저리 모난 곳에 맞아 휘청이며 만들어진 춤이리라 비의 리듬을 가지면 부러지지 않는단다 정면으로 맞아도 내 줄기는 유연해 바람도 나의 춤을 도와준다네 그까짓 것 더 심하면 부러지고 말지 이 인생 달가운 것을 찾아 꽃을 피웠으니 더 원할 것이 무엇이겠는가 차갑기로 치면 인생 그 하나뿐인데 이까짓 비쯤이야 투명하게 아름다워지는 인생을 즐기며 요염하게 춤을 춘다 나는 이런 환경 속에서 더 빛난다는 듯이

새

인간이 항해를 시작했을 때 길잡이는 새였을 것이다
인간이 가지 못하는 곳을 날아가는 존재는 경외이며
질투의 대상이었으리라 쫀득쫀득 너는 맛있을 것인
데 인간도 갖지 못한 날개를 가졌구나 먹을 것이 없
어 불필요한 날개를 인간의 등에 꽂아본다 떨어진다,
떨어진다 바다는 참 깊구나 저 산 너머, 더 바다 건
너로 데려다 줄 날개는 새만이 가질 수 있어라 여전
히 날개를 달지 못한 인간은 새를 격려하며 발로 차
며 먹이를 준다 보이지 않는 줄에 묶인 인간은 아직
도 날고 싶어 한다 이젠 공간이 아닌 시간을 날고 싶
어 한다 차원을 날아 소리치는 새여 당신은 자유로운
가? 듣지 못한 대답도 비웃음 섞인 울음 같아라 깍깍
재수없어 인간의 생각은 여전히 지들 중심인데 말 못
하는 새는 전신주에, 베란다에 제집 짓기 바쁘다 행
운이든 불행이든 인간의 집으로 날아드는 소식은 꺼
멓다가 하얗다가 결국 부리만 남긴다 됐다 이제 나도
날 수 있으니 자유로운 낙하는 날기에 미친 갈매기의
전유물이 아니라네

2부

너에게 산 거짓말

거울

변하지 않는 것을 늘 찾지만
그런 나도 시시각각 변해

너를 어떻게 탓하겠니

낮잠

삶이 지루해 잠이 들면
추위에 잠을 깨곤 한다
덩그러니 하늘엔 낮달만 떠 있고
너는 여전히 없었다

너

기억의 잔해들이
먼지처럼 삶 속에 내려앉으면
오래오래 꿔 오던 꿈인 듯
자꾸 괴롭히지

결심

비가 온다
비는 내리기로 결정하고 내리는가?

그래서 너에게 묻고 싶다
사랑도 결심이 필요하냐고

절망한 자들을 위한 기도

오랜 잠을 자고 일어나
눈을 떴을 때
여전히 태양이 떠 있다는 사실이
믿기지 않았다
나의 절망은 이제 시작인데
하늘은 나를 가려줄 만큼 친절하지 않았다
밝음의 경로를 밟고
헤매야 도달할 미지가
통증을 불러왔다
너는 어디서 오고 있느냐
내가 가야 할, 네가 와야 할
그 수많은 길이
평탄하기를
수없는 기도를 되뇌며
오늘도 무거운 발을 내딛는다

시인의 기도

세상의 모든 비유가
오직 사랑에게만 쓰이길
너만이 온전한 내 삶의 비유이길

외로움의 본질

주위에 사람이 없어
외로운 것이 아니다
너를 잊고 살아가는 삶이
외로운 것이다

나는 괜찮다고 너에게 말했어

저녁 노을이 지면
어디론가 전화를 걸고 싶었어
수화기 너머로 들려오는 누구의 목소리든
모두 사랑할 수 있을 것 같았거든
별은 하늘에 멈춰 있고 도시의 불빛은 고요하기만 했어
이 밤,
나는 너를 찾고 있었는지도 몰라

간절함은 때론 착각을 불러오니까

네가 있다는 것만으로도

내가 너의 모든 것을 사랑해도
네가 갖고 있는 본질의 슬픔은
어찌할 수 없는 영역이었다
네가 나의 모든 것을 사랑해도
내게 주어진 인고의 시간은
홀로 걸을 수밖에 없었다

사랑하면서도 하나가 아닌 둘의 시간
서로에 대한 욕망보다
침묵과 믿음이 사랑일 때도 있었다

너를 통해 나를 보았다

너를 담고도
나는 풍파에 흔들리기에
어지러운 걸음을 걷는다

비틀거리는 걸음으로
위태로운 강가에 선다

절벽은 까마득하고
물가는 찰랑거린다

거친 바람에 고개를 드니

강물은
햇살을 담고도 바람에 흔들리기에

반짝반짝 빛날 수 있다

그 광경이 눈부셔서,
그 모습이 눈물겨워서,

내딛을 발걸음 멈추고 한참 바라보았다

열망을 사랑이라 함부로 불렀을 때 우리가
범하게 되는 오류

너에게 나는 거짓을 샀다
오래오래 간직했고
신앙처럼 믿었다

믿고 싶은 것만 믿는 신앙은
절망에 빠지기 쉬웠다

선택의 순간

밤새 써놓은 글들이
부끄러워질 때쯤
너를 사랑했던
기억도 구겨졌다

'탁'
벽에 부딪쳐
'데구루루' 굴러
쓰레기통 앞에서
'기우뚱'
멈췄다

부끄러움은 모두
읽힐 수 없는 시가 되었다

우리는 어디까지 무심해질까

살아가다 보니
무심함을 배워
너의 지친 어깨도
너의 무거운 짐도
스쳐 지나갈 만큼
마음을 조금씩 버렸어
삶은 무게를 줄여야 숨을 쉴 수 있는 게임
혼자가 아닌 둘이 좋을 때도 있었는데
혼자가 아닌 둘의 무게는 너무 버거워
사는 게 바빠
어느 것도 충격적이지 않은 시대
나는 너를 사랑한다고
기계적으로 말해

첫사랑

너는 왜 그때
그토록 아름다워서
그런 추억을 남겼을까
사랑이라 부르기도 민망한
우리의 동화는 수줍게 끝을 맺었다
이젠 수많은 사랑을 하고
지나간 사랑에 대해
아름다웠다고 행복했다고
담담히 얘기할 수 있는데
왜 사랑이 끝날 때마다 그 동화가 그리
그리운 걸까
왜 그토록 너에 대해선 담담해지지 못할까
사랑은 왜 그때
그토록 아름다워서
화인 같은 추억을 남겼을까

sns

외로우면 말을 걸어
그럼 누군가는
건조한 대답을 해

외로운 시간을 잠시 망각하지만
공허한 건 마찬가지야

진심은 진심에게만 통해

허공에 말하지 말고
가슴에 가슴을 대고 말해

몽리(夢裏)

바라는 것들은
아직 이루어지지 않았거나
잠시만 머물기 때문에
오래오래 곁에 없다

그래서,
외롭거나 슬프거나 열망하거나

까무룩 잠든 가슴은
허공으로 멀리 떨어지며
잠에서 깼다

꿈이 참 추웠다

폭우

쏟아지는 빗줄기에
나도 모르게 휩쓸려
너에게 왔다고
어쩔 수 없이 닿은 곳이
너였다고 소나기처럼 말했다
너는 말도 않고
빗방울처럼 웃었다

쏟아지는 비에
다시 그렇게 흘러가 버리면
그때처럼
너에게 닿을 수 있을까?
폭우가 사랑은 너였다고 말하는 지금
빗방울 같은 너의 미소가
한없이 보고 싶었다

오늘, 어떤 날 나에게

마음을 담으려 해도
마음이 담아지지 않는 날이 있다
사랑하려고 해도
미워지는 밤이 있다
멈춰야 하는 줄 알면서도
멈추지 못할 때가 있다

그때 그랬어야 했는데
후회할 것을 알면서도
던진 모진 말은
단지 기분을 이해해주길 바라는
이기적인 욕망이었다
순간의 치기로
평생 후회를 얻는다

후회는 늦었음을 의미한다
늦기 전에, 후회가 찾아오기 전에
혼란이 나를 흔들 땐
진심을 먼저 들여다보라

순리, 흔들리지 않는 법

졸릴 땐 잠을 자고
추울 땐 옷을 껴입는다
네가 그리울 땐 너를 생각하고
외로울 땐 추억을 떠올린다
이 모든 것은 자연스럽고 연속적이다
실체도 실재고
생각도 실재다
존재하는 실체는 점점 곁에서 희미해지고
살아 있는 모든 존재는
묵묵히 시간 보내는 법을 알게 된다

햇빛 아래서

무엇을 하며 아침을 깨울까
너로 통하던 밤은
태양에 희미해지고
의미를 찾아 헤매던 이방인은
잠이 들었는데
우리 사연은 멈춰있는 그림처럼 수많은 이야기를 담
은 채 움직이지 않고
새로운 빛은 어제의 그림자인 듯
손에 담긴 모래처럼 움켜쥘수록 떠나버리네

비는 계절과 상관없이 내렸다

비가 내리던 거리
걷다 보면 느껴지는 추위는
허전함을 닮았다
위로하듯 토닥이는 빗소리는
슬픔을 내보내는 눈물을 닮았고
비를 쏟아내는 하늘은
너의 얼굴을 닮았다
작은 파동을 만드는 물웅덩이에는
너와 나의 더운 추억이 피었다 졌다

산책

영롱하게 빛나던 순간은
유난히 짧았고
오래 박혀있고
쓸쓸하게 빛나고 있었
다

붉은 노을

무엇을 그리 못 잊는가
입술을 붉게 적실만큼

너의 가을에게

노을도 가을처럼 짙게 물든다
누르면 뚝뚝
울음을 터뜨릴 것처럼
붉어지는 하늘을 보다
반짝이며 떨어지는
너의 가을을 보았다

우리는 오래 안녕할 것이다

방랑

감정 앞에
의연한
청춘은 없다

눈이 오는 날

차가운 눈이 내리면
숨기고 치워버렸던 기분 따위를 어루만져 줘야지
흔들리는 것을 흔들림이 아니라고
속여 왔던 의식을 죽여버려야지
까마득한 옛날부터 망설이던 말들을 뱉어내야지
사랑이 사랑으로 살아남을 수 있게
심장을 꺼내놔야지
그렇게 간신히 버티고 있던 숨을 터뜨려야지
흰 눈이 내리면
투명한 눈사람이 되어야지

기도 하던 밤

너는 나의 슬픔이 되지 않았으면 해
눈물로 짓는 시가 아니었으면 해

너는 내 곁에서
늘 반짝반짝 빛나주길

그렇게 바라던 간절한 기도는
첫눈이 내린 밤 같았다

그릇

내 것 하나 버리지 못하는 나는
새로운 것이 들어올 틈도 없는
나약한 욕심쟁이었다

두고두고 보다
그 자리에 놓고 온 것들은
내 걸음을 따라
길바닥에 늘어섰다

가진 것들이 너무 많아
걸을 수 없게 됐을 때
하나하나 꺼내 사랑하였다

가진 것이 많다는 건
헤아릴 것도 많다는 것
그 많은 시간이 어떻게 흘러갔는지도 몰랐다

돌아보니 하릴없이 지나친 것들은
많기도, 크기도 하였다

담아내지 못한 사랑이여
평안하기를

장마1

내 이야기는
분명하게 동작해
너에게서 멈췄다

장마2

비는 고독을 심는다
심장에서 네가 자라
움직일 수 없는 뿌리를 만든다
사랑이 사랑일 때만 빛나던 태양은
오래 자취를 감췄다

비가(悲歌)

비가 온다
그래서
아무렇지 않을 수 없었다

모든 감정의 해방이면서
모든 감정에 대한 집착

비가 오면
아무렇지 않을
자신이 없었다

사랑 흉내

사람들을 따라
텔레비전을 따라
영화를 따라
너를 사랑했더니
그들과 비슷한 사랑을 하고 있더라
사랑받는 이도
사람을 따라
텔레비전을 따라
영화를 따라
받을 감동을 준비해놓더라
하나로 귀결되지 않는 것이 사랑인데
우린 너무 닮은 사랑을 하고 있더라

아카시아의 봄

아카시아 향기 짙어질 때
날씨도 좋아
들로 산으로 뛰어다니다
아버지 호령에 못 이겨
모판을 들고 벌을 선다

"그래도 이놈아 옛날엔 못줄 놓고 허리 숙여 하루종
일 모를 심었어"

좋은 세상이다
이앙기에 모판만 대주면 되니

꼬마에게 좋은 세상은
친구들 놀고 있는 들과 산인데

벼값 떨어져 속 타는 아비 마음은 모르고
뛰어놀고만 싶던 아이는
커서도 아카시아 향 같은 아비 마음을 헤아리기 어렵다

동면

아무것도 하기 싫어 잠을 잤다 눈을 떠도 무의미한 시간을 일찍 보내려 다시 눈을 감는다 그래 사랑할 것이 없다 사랑할 것이 없었다 무기력의 심해로 떨어지는 나를 붙잡고 있는 것은 차라리 잠이었으리라 꿈속에선 미안한 사람들을 자주 만난다 가까운 사람부터 이젠 먼 사람까지 순례를 돌다 잠에서 깨면 늘 기진맥진했다 현실에 없는 사죄는 차가웠다 눈물이라도 한숨이라도 울분이라도 토해내면 좋았을 텐데 달팽이관은 오히려 수평을 잡으려 애쓰고 있을 뿐이었다 이런 날은 날씨도 좋았다 하루를 시작하기 이미 늦은 시간 오랜 동면을 하고 있는 영혼에게 먹이를 주고 싶었다 그럼 잠을 깰까? 그럼 잠을 깰 수 있을까? 영혼의 생존을 위해 육체를 먹인다 씹는다 뱉듯 넘긴다 아직은 스스로를 사랑하고 있나 보다 동면도 어찌할 수 없는 생존수단 영혼의 침묵 또한 그러하리라 깨길 기다린다 침묵한다 같이 꿈을 꾼다 잠에서 깨는 날은 분명 봄날일 것을 믿으면서

퇴근

불을 끄려 돌아보니
유독 도드라지는 내 자리
화산이 갑자기 터져 용암이 덮친다면
어떤 표정으로 후세에 발견될까
"21세기 근로자의 괴로움" 정도의 이름이려나?
산다는 것이 그런 무표정의 반복일 텐데
무엇이라도 남는다면 행운이겠지
집에 가려다 말고 의자에 앉아
창가를 돌아보니
어느새 초록 잎이다
앙상한 나뭇가지였는데
어느새 푸름이다
산다는 건 뒤돌아보지 못함이었던가?
이런 감상도 사치라는 듯 시커메지는 습한 하늘을 보며
우산도 없는 인생은 조급한 퇴근을 한다
몇 시간 후면 출근이구나 하며

아침의 구원

아침이 차가웠다
절망조차 깨어나지 못한 낯선 추위에
희망은 오들오들 떨며 사랑을 말했다

시작되는 모든 첫걸음은 사랑이다
사랑으로 시작된 것들은 사랑으로 끝난다
모든 후회는 사랑을 포기함으로써 생긴다

곧, 해가 뜨고 세상은 따뜻해질 것이다

3부
꽃진 자리

오류

미래는 정해져 있지 않다고
진리처럼 전해지지만
막상 지나간 일들은 생각해보면
마치,
순서가 정해져 있었던 것처럼
착착 진행됐다

너와의 이별이 그랬다

사랑 별곡

감정을 견딜 수 없을 때
사랑이 생겨나고
사랑이 왜곡될 때
떠남을 생각한다

변치 않는 건 없지만
슬픔은 정해져 있다

눈물

바람이 불면 바람에게
태양이 뜨면 태양에게
구름이 지나가면 구름에게
전하는 너의 이야기

졸업

간직하고 싶은데
헤어져야 할 때,
익숙한 것들과
그들에게 보내는 인사가
젖어 있을 때,
만날 수 있던 시간에
이젠 만나지 못할 너에게
사랑했다 인사할 때

모든 것은 멈춰 있었다

외로움을 먹는 이유

꾸역꾸역
뱃속을 채워도
마음은 살찌지 않았다
온기 하나 없는 일상은
헛된 부유물로 가득 차
차도 차도
공허하기만 했다

내곁에
너만 없다
너도 없다
너는 없다

사랑해도 내 것이 아닌 것들이 있다

"사랑해"

보낼 수 있는 것이었다면
사랑하지도 않았을 너에게 보내는 안부

어제 그리고 오늘

삶의 화두는
답을 찾기도 전에
다음으로 넘어가 버린다

너를 거닐다

낮에도
너를 꿈 꾼다
너를 사랑한 이후로
꿈에서 깬 적이 없었다

live in La La Land

우리가 우리를
놓치게 되는 순간
사랑은 우리를 외면하고
우리는 거꾸로 걷는 법을 잊게 된다
별을 향해 함께 걸을 수 있었다면
우리는 아직도 함께 노래 부르고 있었을까?
우리의 가능성을 추억하는 음악이 연주되면
우린 마른 눈물을 흘릴 것이다

지나간 사랑이여 안녕,

모든 것은 사랑이 기억한다네

비 오는 날의 생존법

비가 오면
네 생각을 단념하겠다
이런 날
너를 생각하면
나는 무생물이 된다
우두커니 과거가 된다
너에게 내릴 빗방울이 된다

아,
아직은 사람이 되고 싶은가 보다

너의 이름을 부르지 않았어

유리창의 빗방울처럼
너는 내게 맺혀있다
맺혀있는 너의 이름을 혀로 굴리다
결국,
입술까지 닿았던
너의 이름을
뱉지 못한다
이름을 부르면 너는 실재해야 한다
침묵의 공간에
촉감 없는 너의 이름은
너무 비현실적이다
그래서,
너의 이름은
내 몸속 깊이 깊숙이 삼켜져
오래오래 내 몸을 돌고 있다

보라는 꽃은 안 보고 너를 떠올렸지

환절기에는 감기를 조심해야 해
방심하면 오래오래 앓을 수 있어
벚꽃이 피면 너를 조심해야 해
꽃길 같이 걷던 너 때문에
오래오래 앓을 수 있어

봄은 아름답다

너를 아직 사랑할 걸 그랬다
너를 잃고 살아가는 것보다
사랑 없이 살아가는 삶이
더 외롭더라

꽃잎을 구원해주고 싶었다

생각이 났다 그래서 생각을 했다 그랬더니 생각이 생
각의 꼬리를 잡고 다시 다른 생각을 불러오고 새로
생긴 생각은 지난 생각을 잡아먹고 잉태하고 사라지
고 쌓이고 쌓여 문득 정신이 들었을 땐 무슨 생각을
처음에 했는지조차 잊어버렸다 그 모든 생각의 처음
과 끝이 사랑이었던 시절이 있었다 그땐 생각이 많아
도 잊지 않았는데 너라는 기원을
잃은 것이 많으니 생각도 많아지더라 그 아름다운
꽃잎도 떨어져 먼저 길을 뒹굴던데 아, 그때 비가 왔
어야 했다

비 오는 날

꽃진 자리
흉지지 않게 해주세요

너의 밤

삶이라고 부르는 인생을 걷다
문득문득 너는 나를 점령한다
너와 함께한 시간보다
너는 나를 더 오래 잡고 있다
긴 삶이나 오랜 인생이나
생각해보면 너는 한 귀퉁이에 머물렀던 사람인데
온 세상을 돌아 다시 너에게 돌아가는 것처럼
순례는 오래오래 끝나지 않는다
흔적은 생채기를,
생채기는 흉터를 남기는 법인데
어두운 밤은 잊기도 편했다

긴 밤이 익숙하다는 듯,
나는 아직도 너의 밤을 걷고 있다

아침은 각몽(覺夢)

꿈을 헤아려 보는 건
꿈이 달콤했기 때문이고

얕은 탄식을 내뱉는 건
꿈이 흔적도 없이 사라졌기 때문이었다

있음과 없음의 틈에 끼어버린 아침
인생이 이 아침에 농축돼 있다

마음이 헝클어지지 않게 밤새 빗질을 오래오래 했다

하루 단잠으로
단정하게 빗겨진 마음
오늘 하루 바람에
얼마나 헝클어지려나
살아간다는 것이
살아낸다는 것이
원치 않는 바람을 맞는 일인데
오늘은 마음결 더 상하지 않는 날이길 기도하며
유난히 더 세차게 느껴지는
풍파 속으로
초조하게
걸어 들어간다

비가 세상에 부딪치는 밤

정신

없던

하루

정리하던 밤

무엇을 해야 할지 몰라

마음이 시끄러운데

빗소리가 들린다

타닥타닥 타닥

비가 세상에

부딪친다

아!

그렇게 부서져야 하는구나!

정리하는 것이 아니라 부수는 것이구나

오늘 하룰 잘게 부순다

나도 부숴버린다

베개 밑이 이제야 고요해졌다

비로소 빗소리만 들린다

세계는 무너졌다

나의 세계는 무너졌다 간직해야 할 너와의 사랑과 이별을 고백함으로 과거는 붕괴되었다 부숴버린 것은 펜이었다 글이었다 시였다 모든 시간의 벽이 신체를 옭아매고 가두고 좁은 공간으로 몰아붙일 때 유일한 탈출구는 그것들이었다 사랑아 그렇게 한숨으로 놓아줄 때 심중의 과거는 피를 흘리며 조금씩 숨을 쉬기 시작했다 펜 끝이 닿는 피부는 오랜 낙서로 까매져 흘러내리는 눈물조차 투명하지 못했으리라 아득하여라 사랑이여 이젠 시 속에서 시간의 풍화를 겪고 모래처럼 흩어져라 잔인한 겨울아 이젠 부서지는 자음과 모음을 휩쓸어 담아 영원히 열리지 않을 빙하의 감옥 속에 지난 사랑을 가두어라

슬픔은 모든 것에 대해 쓰는 일

슬픔은 항상
읽기보단 쓰기를 권했다
슬픔을 쓴다는 건 누구의 생각을 듣기보단
내 이야기를 늘어놓는 일
그래서 마음이 다시
제자리로 돌아오는 일

오늘도 그래서 나는
그 모든 것을 써낸다

"파도를 막아다오
두렵지 않게"

써낸 글은 삶의 방패가 되었다

꿈을 굽다

비 오는 새벽
내 꿈은
너의 생각을 굽고 있다
달콤한 향이 난다
빗소리의 리듬에 맞춰
굽는 소리도 리드미컬하다
너무 황홀한 나머지
약간 타기도 한다
역시 너에 관한 일은
마음대로 되지 않는다
그때 뒤집을걸
다 타버린 꿈 앞에서
입맛을 다시며
다시 오지 않는 잠을 허탈하게
기다린다

비가 오면

비가 오면
너는 내가
어떤 음악을 듣고 있는지
알고 있었다
당연하다는 듯
말하고
당연하다는 듯
웃는 네가 좋았다
사랑은 안다는 것보다
알아주는 것인지도 모른다
지금 비 내리는데
너는 무엇을 하고 있을지
나는 이제 알지 못한다

오! 밤

새벽에
쏟아지는 비처럼
낮이 되면 너는 사라지겠지

겨울밤

밤이 깊어졌다
너에 대한 생각도 깊어졌다
잠은
깊어지지 못했다

오랜 밤과 오래된 사랑 곁에
낡아 버린 심장만 뛰고 있었다

오히려

당신의 사랑이 짧은 것을 알면서도
당신을 사랑해서 좋았던 모든 순간
충분하지 않았던 시간이
충분한 질량으로 나를 채우던 그때
어리석었기 때문에 행복했던 시절
이젠 바보처럼 사랑하지 않기 때문에
오히려 그립다

미련

우울에 대하여
아니 지쳐가는 감정에 대하여
사라진 너에 대해
투명한 글씨로
매일 쓰는 후회

너를 위한 잠언

떠난 사람의 행복을 빌든
불행을 빌든
그건 그 사람의 삶인데
네가 좌지우지할 수 있는 것도 아닌데
왜 그토록 혼자 열 내고 있는가
불행해 보여도 그는 행복할 수 있고
행복해 보여도 그는 불행할 수 있다
복수를 꿈꾸지 마라
그가 후회하든 안 하든
그건 너의 감정이 아니라 그의 감정이다
너와 전혀 상관없는 일이다
중요한 건 지금 네 감정이다
잘 들여다보라
지금 네 마음이 천국인지 지옥인지

겨울에

이번 겨울은 참 추운 겨울이었어 작게 움츠려 큰 방에 머무는 시간이 많았지 몹시 아픈 시간이란 멈춰 있는 공간을 말해 마음대로 되지 않는 마음의 뒷방이란 이야기야 흐르지 않는 겨울이 나는 참 두려웠어 이대로 나를 잡아먹을 것 같았거든 그래도 흘러나온 절대적 시간은 봄의 코앞에 서 있더라 아무도 없는 것처럼 아무도 나를 보지 않는 것처럼 세상은 창가의 바람처럼 흘러갔어 초라하게 기던 내 시간은 다른 속도로 봄에 도달했지 영원할 줄 알았는데 그렇게 사라져 버리다니 그래서 겨울이 싫어 사랑의 깊이만큼 너는 사라지면 안 되는 거잖아 사라진 계절 그 잔해만 눈 녹은 개울처럼 졸졸 흘러내리고 있어 너는 영원하지 않더라 얼음에 베인 상처가 흉터로 남겠지만 굽굽한 겨울 냄새가 싫어 창문을 열어 그래도 나는 남더라 고마웠어 겨울을 통해 너에 가려져 있던 나를 만났어 미안해 사랑해 그리고 안녕

작별

당신과 헤어질 때 세상은 왜 그리 아름다운지
흘러내리는 눈물이 다 죄스러워 삼키다
어쩜 그럴 수 있냐고 원망도 많이 했어요
하늘조차 맑고 잎조차 빛나는 청초한 세상에게
우리의 슬픔을 왜 몰라주냐고
그렇게 한없이 울었다지요
그렇게 울다 지쳐 떠오른 당신의 얼굴이
그나마 예쁜 세상에 머물러 있으니 참 보기 좋더라구요
아 우리 작별의 슬픔은 우리끼리 간직하라고
그렇게 기억하라고
당신 떠난 날 세상이 그리 예뻤나 봐요

읽혀 버린 시집

너만을 위한 시가 탄생했을 때 너는 어떤 기분이었는지 묻고 싶다 추운 겨울 손을 잡고 걸었던 따뜻함과 같은 느낌이었는지, 함께 걷던 우산 속 비 오는 날의 다정한 서늘함이었는지 알고 싶었다 한 생애 유일한 시라는 점에서 당신은 어떤 사랑을 느꼈을까 그 시간에 진실했던 마음이 하늘을 날아 공기 중에 분해되어 사라지고 강렬한 자외선에 녹아 세상에 내리게 됐을 때도 그 시는 당신만을 위한다고 할 수 있을까 사실 당신만을 위한 시였다면 아무도 알지 못했어야 하리라 당신은 그 시를 보고 어떤 기분일까 또는 당신이 그 시를 기억하기나 할까 그런 의문이 무수히도 쌓여 읽혀 버렸지만 미완인 시집이 되었다

나무 없는 산

나무 없으면 산은

해에 마르고

바람에 깎이고

비에 무너지고

한없이 주저앉을 것이다

나무를 원망하면서도

나무를 가지지 못한 슬픔을 못 견뎌 하면서도

살아내며 살아내며 가슴 속에 나무를 품고

더 작은 산을 가려주며 내어주는 법을 배울 것이다

사랑이 무엇인지 몰라도 산은 나무를 그리워하며

사랑을 배우리라

간절한 만큼 베풀리라

거대하고 웅장한 산이 나무를 가지지 못했더라도

기어코 산은 살아내리라

스스로 나무 같은 산이 되리라

고독이 하는 일

고독은
한없이 속을 파고들어
기어코 자기 자리를 마련한다
풍요 속에서도 고독은 심겨져
기어코 홀로 설 수 있게 만든다

사랑의 노래

내가 사랑에 대해 노래할 수 있다면
가장 슬픈 음계를 붙여 줄 것이다
사람은 결국 이별을 향해 걷기에
가장 처연한 노래로
모든 사랑을 위로할 것이다

"당신과 내가 보냈던 순간순간이
모두 사랑의 노래였다"

작별인사는 진실해야 한다

청춘 날씨

오늘도 내일도 같을 것이다
매일매일 다름이

선택

다가오는 것이
모두 사랑은 아니고
멀어졌다고
다 끝은 아니다

섣불리 포기하지 마라
어떻게 하든 괴로울 것이다

단,
삶의 몽혼은 사랑뿐이다

나는 아직도 너의 밤을 걷고 있다

초판 1쇄 인쇄	2025년 5월 23일
초판 1쇄 발행	2025년 6월 9일

지은이	홍광표

펴낸이	이장우
책임편집	송세아
디자인	theambitious factory
제작	안소라 김소은
관리	김한다 한주연
인쇄	KUMBI PNP

펴낸곳	도서출판 꿈공장플러스
출판등록	제 406-2017-000160호
주소	서울시 성북구 보국문로 16가길 43-20 꿈공장 1층

이메일	ceo@dreambooks.kr
홈페이지	www.dreambooks.kr
인스타그램	@dreambooks.ceo

전화번호	02-6012-2734
팩스	031-624-4527

"이 책은 충주시, 충주문화관광재단의 후원을 받아 충주문화예술지원사업의 일환으로 발간되었음"

ISBN	979-11-92134-95-6
정가	13,500원